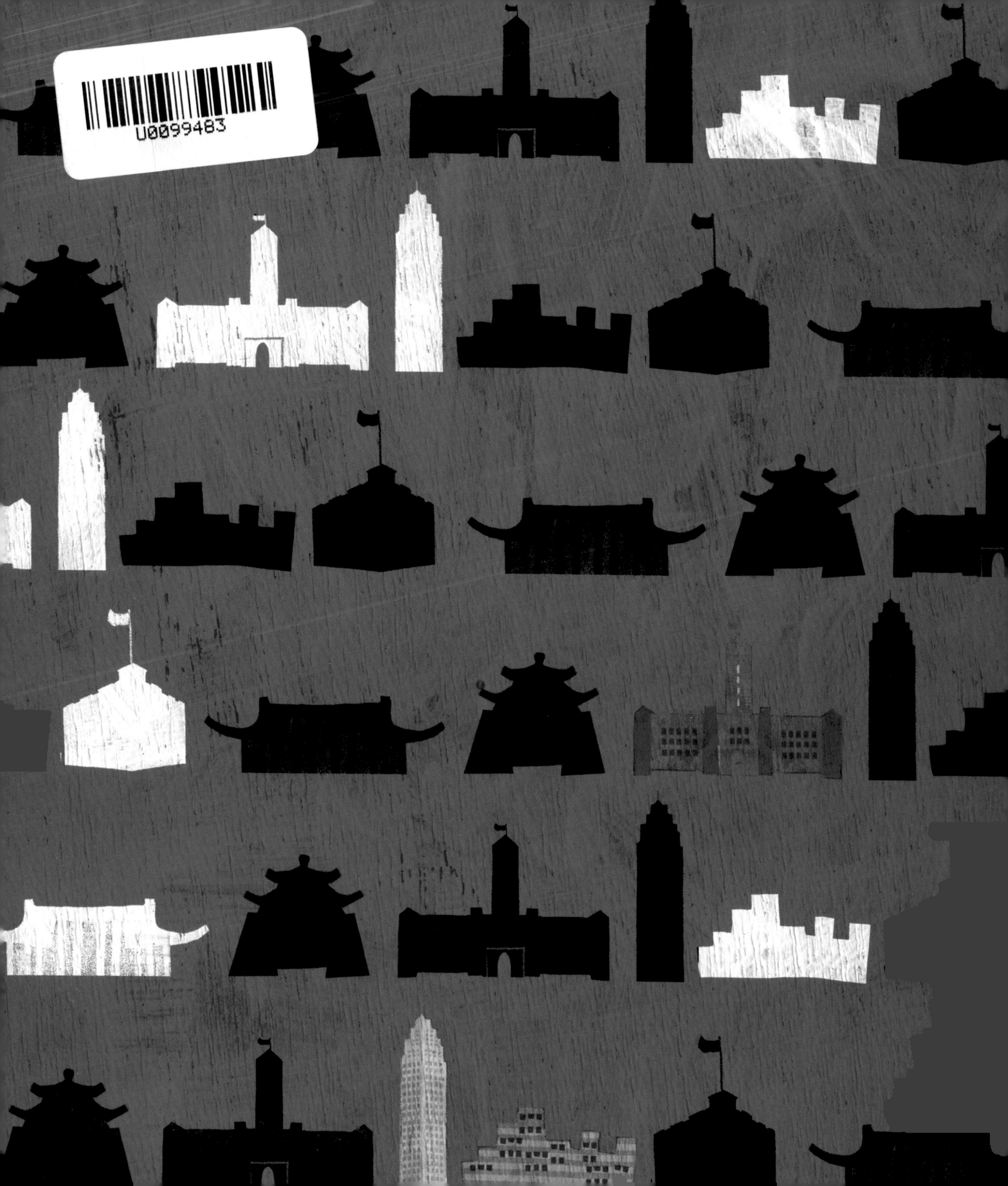

國家圖書館出版品預行編目資料

臺北正在飛／白靈著；鄭慧荷繪. －－初版
一刷. －－臺北市；三民，2003
面；　公分－－(兒童文學叢書. 小詩人
系列)

ISBN 957-14-3828-6　(精裝)

859.8　　　　　　　　　　92001888

網路書店位址：http://www.sanmin.com.tw

© 臺北正在飛

著作人　白　靈
繪　圖　鄭慧荷
發行人　劉振強
著作財產權人　三民書局股份有限公司
臺北市復興北路386號
發行所　三民書局股份有限公司
地址／臺北市復興北路386號
電話／(02)25006600
郵撥／0009998-5
印刷所　三民書局股份有限公司
門市部　復北店／臺北市復興北路386號
重南店／臺北市重慶南路一段61號
初版一刷　2003年2月
編　號　S 85631
精裝定價　新臺幣貳佰捌拾元整
平裝定價　新臺幣貳佰伍拾元整
行政院新聞局登記證局版臺業字第〇二〇〇號

兒童文學叢書
・小詩人系列・
臺北正在飛
白　靈／著
鄭慧荷／繪
三民書局

詩心・童心

——出版的話

可曾想過，平日孩子最常說的話是什麼？

「媽！我今天中午要吃麥當勞哦！」「可不可以幫我買電視上廣告的那種電動玩具！」「我好想要百貨公司裡的那個洋娃娃！」

乍聽之下，好像孩子天生就是來討債的。然而，仔細想想，這些話的背後，絕不只是貪吃、好玩而已；其實每一個要求，都蘊藏著孩子心中追求的夢想——嚮往像童話故事中的公主般美麗、令人喜愛；嚮往像金剛戰神般的勇猛、無敵。

為了滿足孩子的願望，身為父母的只好竭盡所能的購買，但孩子們總是喜新厭舊，剛買的玩具，馬上又堆在架子上蒙塵了。為什麼呢？因為物質的給予終究有限，只有激發孩子源源不絕的創造力，才能使他們受用無窮。「給他一條魚，不如給他一根釣桿」，愛他，不是給他什麼，而是教他如何自己尋求！

事實上，在每個小腦袋裡，都潛藏著無垠的想像力與無窮的爆發力。大人常會被孩子們千奇百怪的問題問得啞口無言；也常會因孩子們出奇不意的想法而啞然失笑；但這種不規則的邏輯卻是他們認識這個世界的最好方式。而詩歌中活潑的語言、奔放的想像空間，應是最能貼近他們跳躍的思考頻率了！

於是，我們出版了這套童詩，邀請國內外名詩人、畫家將孩子們天馬行空的想像，熔鑄成篇篇詩句；將孩子們的瑰麗夢想，彩繪成繽紛圖畫。詩中，沒有深奧的道理，只有再平常不過的周遭事物；沒有諄諄的說教，只有充滿驚喜的體驗。因為我們相信，能體會生活，方能創造生活，而詩的語言，也該是生活的語言。

每個孩子都是天生的詩人，每顆詩心也都孕育著無數的童心。就讓這些詩句在孩子的心中埋下想像的種子，伴隨著他們的夢想一同成長吧！

吃一顆果子，要感覺是一朵花

世界上沒有一朵花或一顆果子，是無緣無故創造出來的。

我們欣賞花或吃果子的時候，卻很少想到它們之間的關聯，好像果子是果子，花是花，二者似乎沒什麼相關；或者，即使知道果子是花變的，也很難會去想，嗯，這顆果子的前身是長什麼樣的花啊？比如說吧，你知道芒果或龍眼的花的樣子嗎？你知道梨子或木瓜的花的樣子嗎？要不，你知道西瓜的花、鳳梨的花、芭樂的花、甚至香蕉的花、花生的花、紅豆的花嗎？

答案很可能都是否定的。原因無他，我們人類只關心可以吃的，對果子們那些長得不怎麼起眼的花一般都看不上；或者即使要賞花，也要賞那鮮豔、香豔、或美豔的，比如蘭花、杜鵑、木棉、櫻花、百合、菊花、荷花等等，至於花落之後它們的果子會是什麼模樣，又不是我們所關心的了。

我們總是以實用的態度來看待一切，至於實用之前的「來源」、或實用之後的「下落」，好像都與我們無關。如果能夠打破這種「實用化」的人生態度，就是我們「與眾不同」的開始。

你會開始注意別人不注意的，你會注意別人為何會不在意那本當可以注意的，比如一朵小花或一隻毛毛蟲；你不會在意那別人非常在意的，你不會斤斤計較這個有無用處、那個有無好處；你會關心那對你沒有一點好處的一粒砂、或一枚枯葉、一片羽毛——那些東西的前面或後面，可能隱藏著很多可以發現的宇宙的奧祕，但可能什麼也沒有。

你無所謂，你不在意，你只是好奇又熱情的想揭開布幕之後的真象，雖然布幕之後可能仍有好多層的布幕。當你與人接觸，你既害怕又不害怕，你知道他現在的模樣之前可能有好多模樣，你知道你現在看到的不是他的一切，你知道每個人都有各種變化的可能。你知道你無法知道一切，但你永不氣餒。

每首詩就像一顆果子，在它誕生之前可能是一朵一點也不起眼的小花。甚至，在你手上的這首詩，像一顆從來都不曾吃過的果子（比如童詩中很少有人寫九一一事件、淹水、地震，甚至大衛魔術、麥克傑克遜等題材），你仍充滿好奇，很想一探究竟，你對這首詩「長成這個樣子」，一點都「不氣餒」。因為你了解，每一個事物不會無緣無故創造出來，你勇敢又仔細的觀察，你模擬它之所以產生的來處，你想像它欲傳達的寬闊的去處。

這時候，你讀的就不只是一首詩或一本詩集了，你根本就是一個詩人了。當有一天有那麼一個短暫的時刻，你品嚐一顆果子，而能感覺那是一朵花！

白靈

目次

臺北正在飛

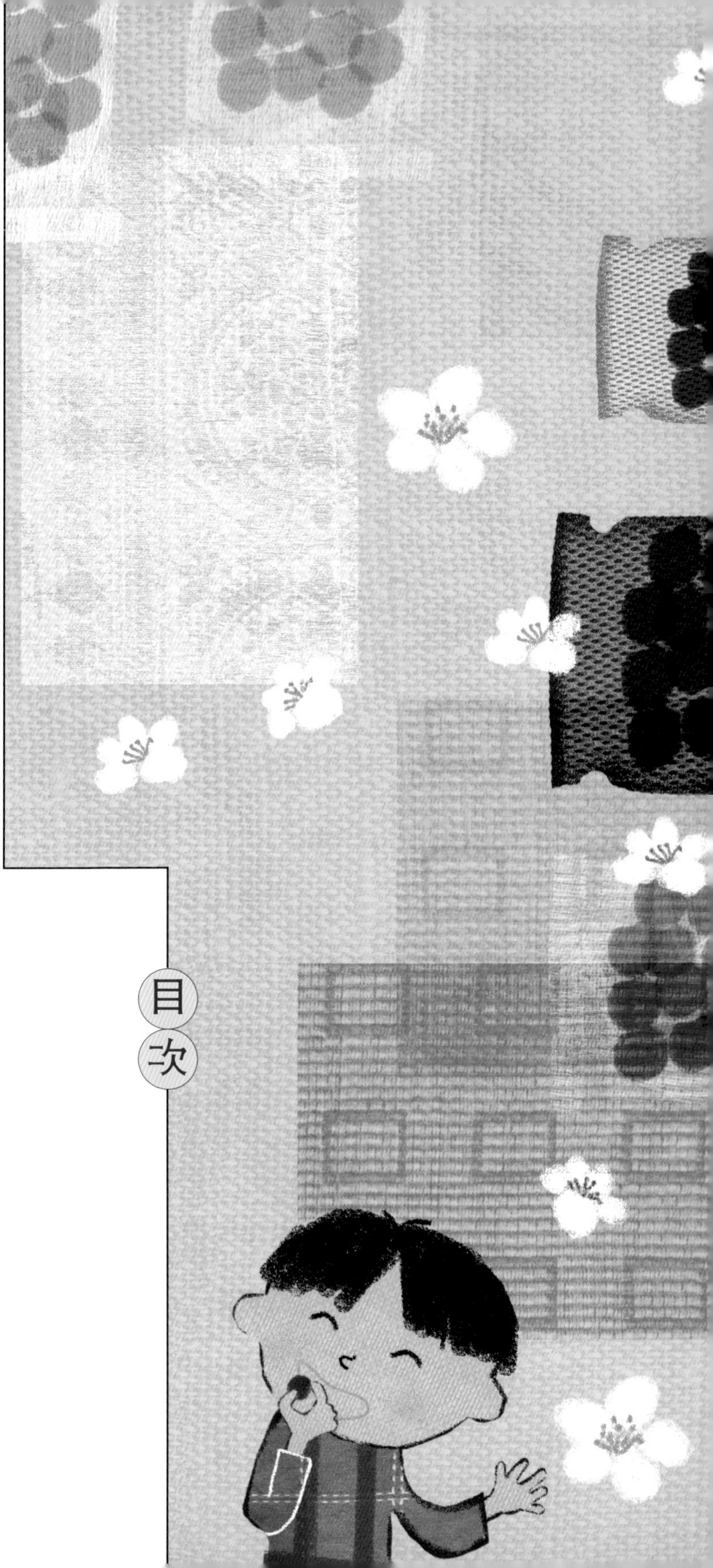

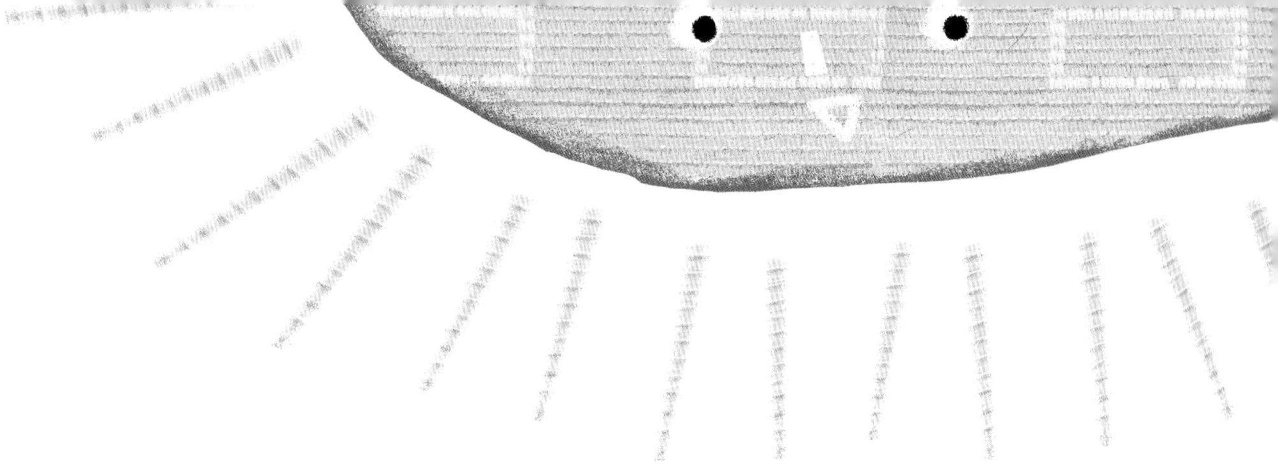

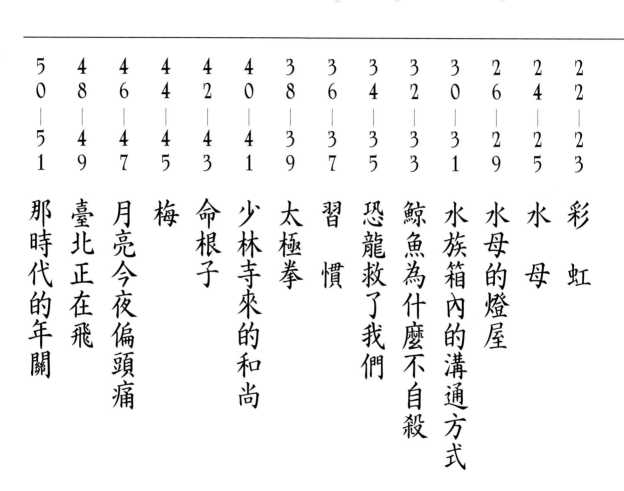

這世界到底怎麼回事

——紐約世貿中心九一一事件有感

如同自殺的零式戰鬥機
瘋狂攻擊航空母艦般
百層的雙子星巨廈快速的向下沉沒了
幾億人在電視機前大大「啊！」了一聲
這世界到底怎麼回事
三千條人命
三百多個消防隊員
上千億的金銀財寶
隨著陸沉的鐵達尼號化為灰塵
這世界究竟怎麼回事
他們又花了幾十億美元

才把廢墟清理乾淨
在二十一世紀的開頭留下兩個巨坑
也在我們心中留下了空洞
如此昂貴的種族仇恨啊
這世界到底怎麼回事

好長的一段日子
全球沒有一架客機起飛
天空不曾如此寧靜
所有的候鳥、老鷹、以及鴿子們
心底一定有個大大的驚嘆號：
這世界究竟怎麼回事！

人類自從有了飛機以後，地球的天空從來不曾像二〇〇一年九一一事件後的那幾個月，那樣的安靜過。全世界的大小飛機幾乎全數停飛（除了少數軍機），長途飛行的候鳥們一定很奇怪，這到底怎麼回事？此詩即以關懷九一一事件的慘況開始（兩棟一百一十層大樓於九十分鐘內倒塌，近三千人死亡，包括三百四十三名消防隊員，廢墟垃圾清除後，留下十六英畝的大窟窿），再寫到人人心中留下的悲痛，最後寫鳥類獲得的短暫的安寧，以此表達並聯想很多事情的相互關係。

當臺北變成大澡盆

——二〇〇一年九月納莉颱風有感

當臺北變成大澡盆
四周都是堤防
幾百萬市民站在堤防內泡水

路兩旁的車子蹲在水裡
泡了一早上
大樓地下室的車子沉到水裡
泡了幾天
捷運的列車開進水裡
泡了幾個月

當臺北變成大澡盆
店家老板們的眼睛在淚水裡

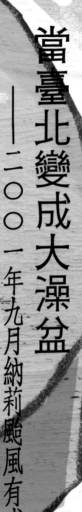

泡得腫腫的
教室裡的課本、電腦
通通泡得腫腫的
市長馬不停蹄
修補問題的漏洞
他的腳也早已泡得腫腫的
沒有一個市民的心情
不被水泡得腫腫的
當臺北變成大澡盆

颱風年年總有幾個會掃過臺灣，造成或大或小的災害。而像納莉颱風把臺北淹掉一半的倒是少見，不計其數的車子屋子地下室泡在水裡，連捷運都被泡入水中。臺北市民後來再面臨任何颱風來襲時，無不「枕戈待旦」、如臨大敵，全因「家當曾經泡入大澡盆」的經驗。此詩以輕鬆筆調敘述，希望有「淚中帶笑」的效果。

地震來的時候

沒有人知道牠長什麼模樣
地震來的時候
弟弟從他坐的地板上跳起來
大喊：「地動咯」
就躲進餐桌底下去了
沒人知道地震來的時候
會突然把牆壁抱起來
開始咔答咔答的搖
連地板都在跳動
「哇！媽咪呀！」
我也躲進餐桌下了

沒人能預測地震來的時候
地表會變成什麼模樣
房子會裂成什麼模樣
偏偏媽媽不在家
吊燈成了大鐘擺
鍋碗盆瓢都想跳出來
家具都好像長了腳

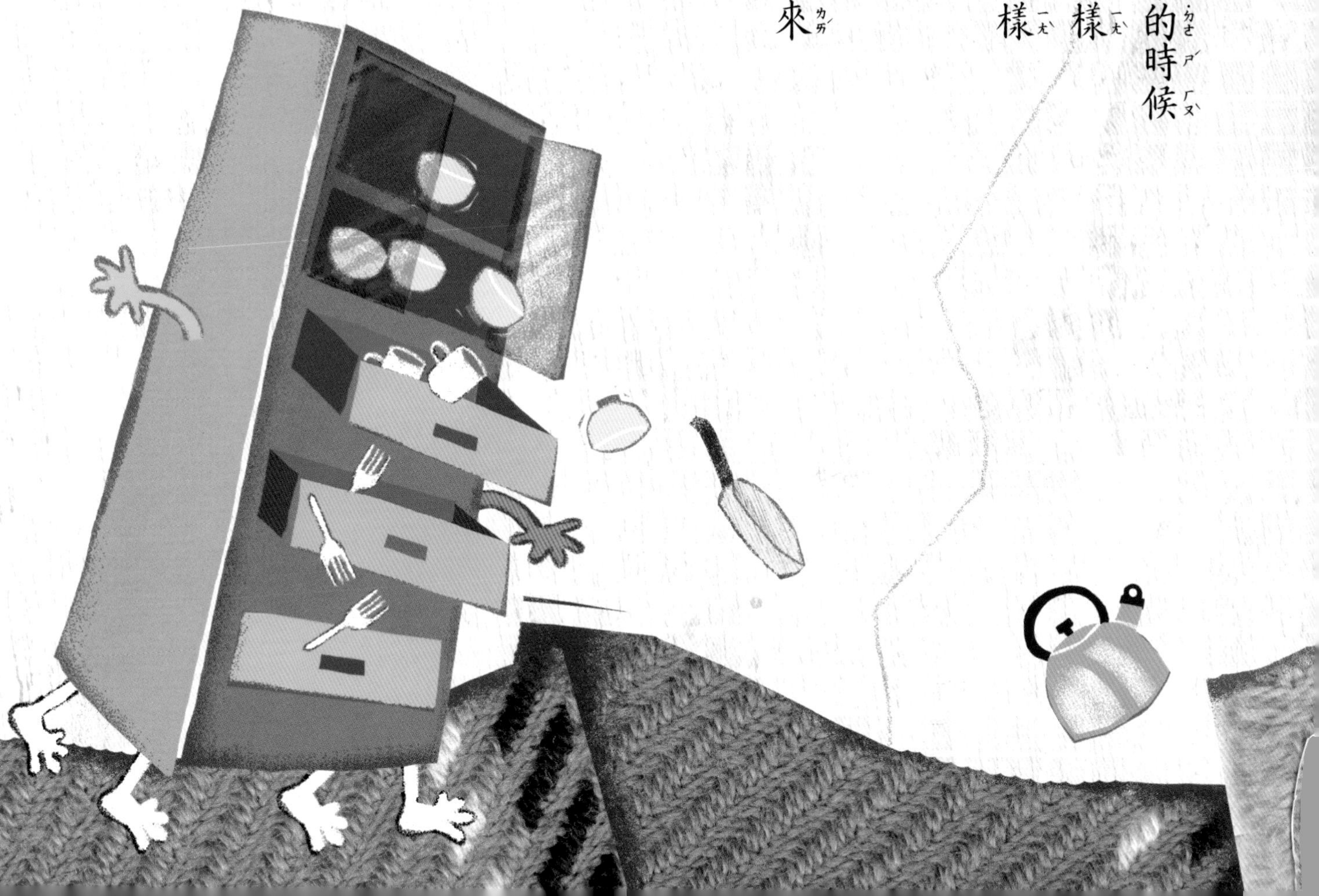

算不出地震再來的時候
只好繼續當兩隻小老鼠
餐桌下躲著發抖，像站在一隻
生氣又看不見的大野獸身上
就怕從此
掉入牠怒吼的大嘴

我和弟弟都在喊：
「怎麼會這樣？」
當地震來的時候

地震是地球「還活著」的證據之一，
要是哪一天地球不再有地震，
地球上的生物大概也很難存活。
只是沒有人希望居住地經常有震災，
但臺灣剛好處在地震帶上，
又碰過一九九九年震度達七級以上、
傷亡慘重的九二一大地震，
此後人人莫不「聞震色變」，
即使只是二、三級，無不驚慌莫名，
此詩即寫此種「大驚小怪」的心境，
也表達了對大自然無比巨大的力量的敬畏。

大衛魔術

世界傻了眼，呆立在那兒
而大衛不過才
拉下一塊輕如雲絮的布幕而已
幾億個觀眾無不以火眼金睛
瞪住他
都想要找出他手腳間
轉換的破綻
有人用慢鏡頭一格格的找
有人在舞臺上下到處翻尋
機關之所在
看他把美女變到哪個格子裡
看他把車子藏到哪張桌子底下
看他何以肚子長得出手

兩度來臺表演魔術的大衛，風度翩翩，把藝術、劇情夾雜在魔術中，令人「驚豔」。比如他在天空飛翔，讓你看不出他是不是吊了鋼絲，飛入透明巨箱中，蓋起來，還照飛不誤，再飛出，十分神奇。其餘很多項目都是如此，任何人看了，很難不嘖嘖稱奇。而到底他的「機關」在哪裡？有無破綻？是觀眾最大的好奇心所在，據說連他的工作人員都「不知所以然」。詩中便想抓住這種著迷的感覺。

看他怎能由重重鏈鎖的火場逃生
看他穿牆透壁
看他在空中自在翱翔
看他在透明箱裡翻轉飛行
人群在舞臺前後包圍他
用放大鏡、望遠鏡
想找出是什麼神奇的鋼絲
吊起他千變萬化的想像
而大衛總是微笑以對
以紳士之姿禮貌的向您欠身
感謝大家脖子伸這麼長
眼睛睜得這麼凸
你看這時他才抓下一片雲
世界又都傻了眼呢

彈簧腿

——麥克傑克遜與他的MTV

麥克的腿裡一定裝了彈簧
地板竟然如此聽話
才一兩秒鐘
就幫他的腳尖轉了好幾圈
他前後移步
他左右搖晃
那雙腿彎曲、旋轉
像機器人、像默劇的小丑
他的舞步飛快似魔鬼
安詳又如上帝

有時他把脖子伸了好幾尺
縮回來時
呆呆的，宛如戴了面具
有時又化成一堆沙
被風一吹就不見

麥克的腿裡
不，他身體裡
應該裝滿了彈簧
他輕移、慢轉
似在原地不動
而我們的眼珠子
已隨著地板，在他四周
繞了地球好幾圈

麥克傑克遜是歌唱界的天之驕子，他製作的電視MTV，更結合了電腦、動畫、剪輯的神奇性，充滿了想像力。最令人稱道的是他的彈簧腿，旋轉、輕移、原地慢步，青春優美，為其他歌者所遠遠不及。詩中將他魔幻性的MTV，與他的彈簧腿一起描繪，也傳達了人類創造能力的無所不能。

山神的鬍子

我站在山腳往上仰望
山神巍巍的坐在那裡
他的嘴不讓人看見
他的嘴藏在濃密的鬍子裡
他的鬍子是水做的

山神的面容幽靜深邃
不隨便讓你看清全貌
頂多你只看到他的鼻子
懸崖就是他高挺的鼻尖

鬍子就從鼻下
長長長長的瀑洩下來

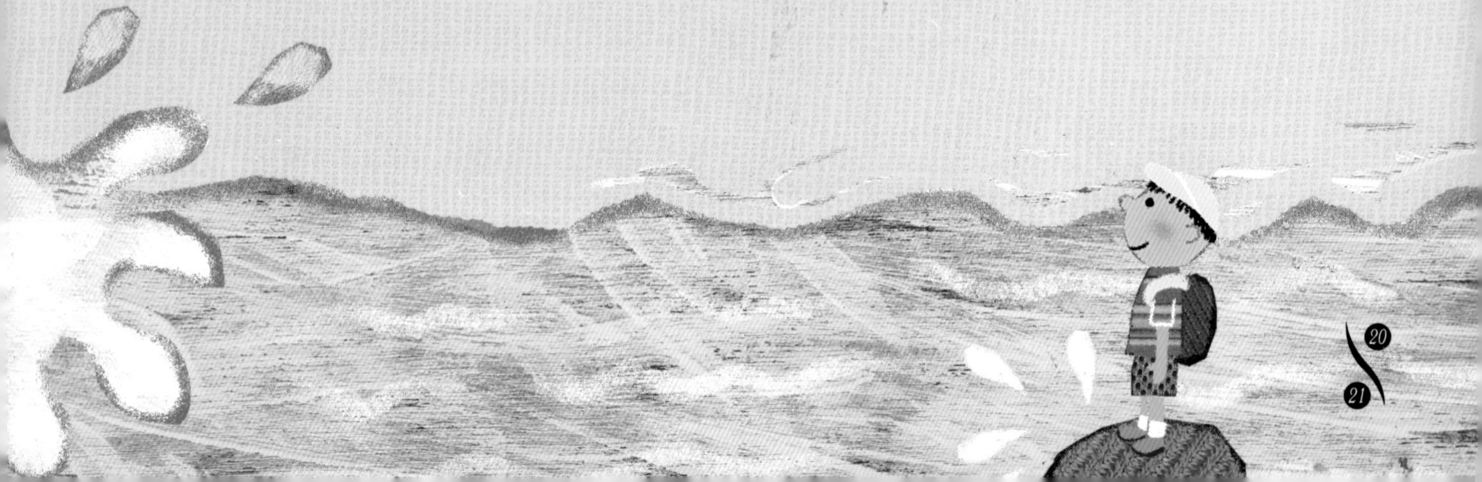

如果你太靠近他的腳邊
還會濺到他的鬍渣呢！

山神的鬍子是水做的

一座山最不可思議的自然景觀就是瀑布，
自懸崖邊傾洩而下，你看像不像山神的長鬍子？
人們都喜歡站到瀑布下去欣賞，
不小心濺到的不就是他的鬍渣嗎？
你應該在影片中看過冒險家坐著獨木舟，
從瀑布頂划下來的鏡頭，那是多麼驚險和勇敢啊！
但在山神老人家的鬍子裡玩耍可要小心，
要是惹火他，可不是道歉就可以了事的喔。

彩虹

紅的琴譜是看不見的小水

橙的透明可口蛋糕甜滋滋

黃的彎笛吹彩色音符在人

綠的葉片搭的輕橋讓動物

藍的一片波浪凝固在那兒

靛的扇型窗戶可俯瞰千萬

紫的紗巾抖向天空表演迷

滴與光的巧遇
像可口的幸福
心裡演奏快樂
這山渡向那山
狂風都吹不動
雙驚訝的眼睛
人的光的魔術

彩虹是陽光與水氣合作表演的自然現象，
站在地面上仰頭欣賞的人們，
對紅橙黃綠藍靛紫的巧妙安排，
一定引發很多人想研究它，
或想表達出欣賞鮮麗色彩後的喜悅感。
這首詩即對彩虹的七種顏色各有一番聯想，
無非想傳達各種色彩在我們
日常生活中扮演的
重要角色。

水母

活的、透明的
會呼吸的燈泡
看得到燈管和燈絲
要不就是海底水鬼
玩弄的小圓帽
帶著流蘇和花邊
朝同一方向大遊行
天啊，千萬隻手指頭

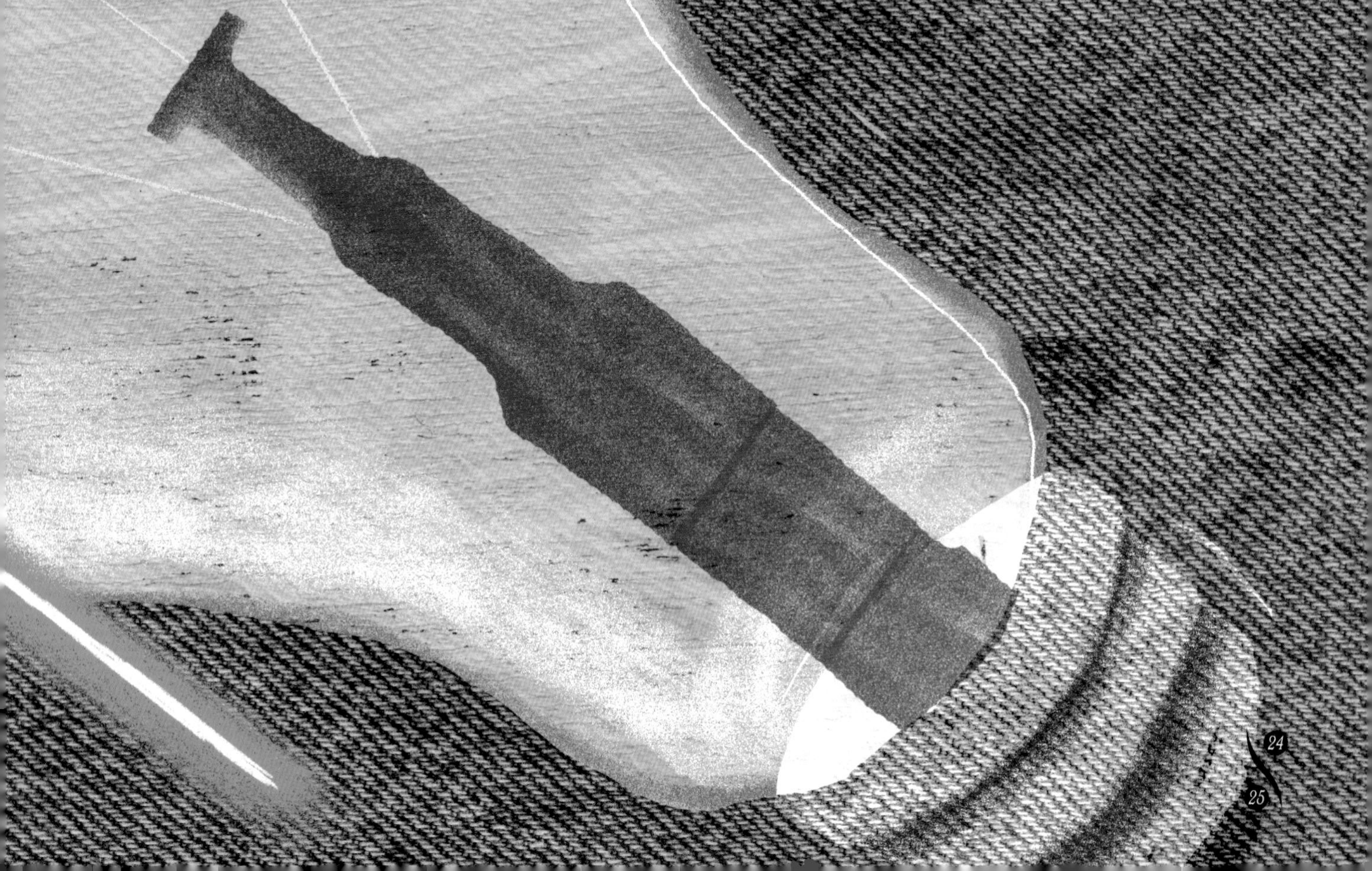

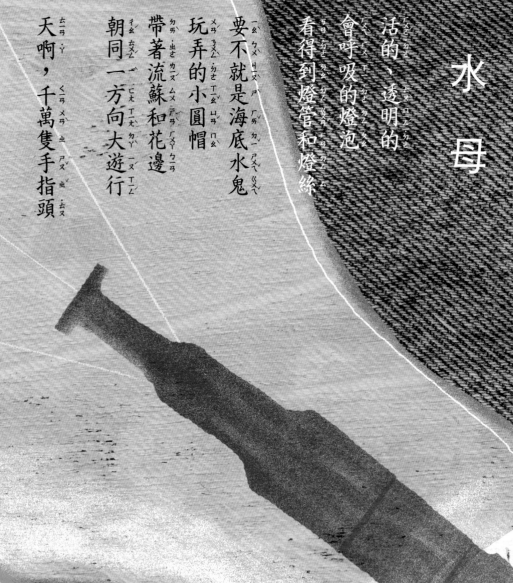

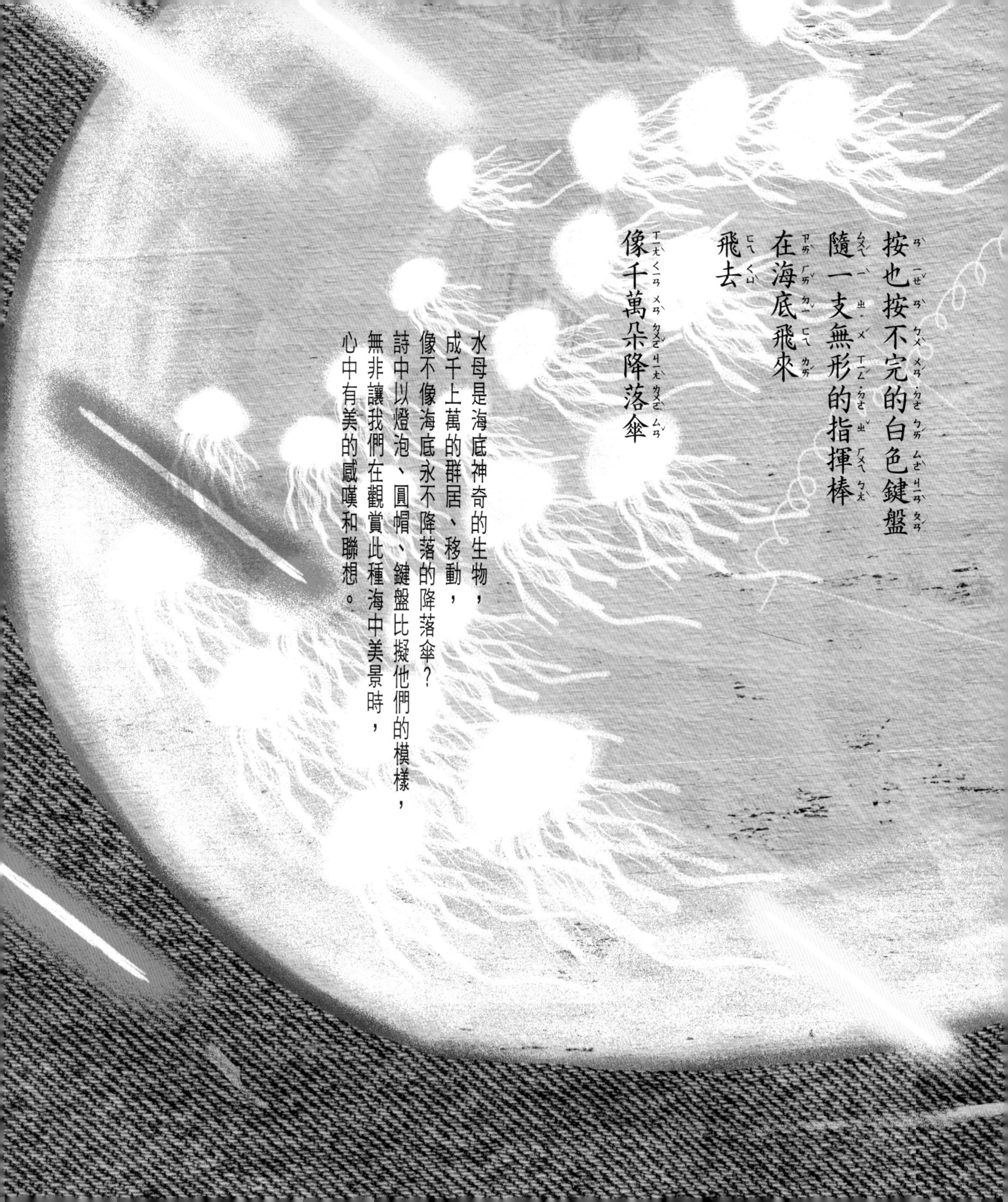

按也按不完的白色鍵盤
隨一支無形的指揮棒
在海底飛來
飛去
像千萬朵降落傘

水母是海底神奇的生物，
成千上萬的群居、移動，
像不像海底永不降落的降落傘？
詩中以燈泡、圓帽、鍵盤比擬他們的模樣，
無非讓我們在觀賞此種海中美景時，
心中有美的感嘆和聯想。

水母的燈屋

小水母空空聽說海底之上
有很明亮的陽光世界
那是在很高很高的海面上
便立志要把陽光裝回家來
讓海底不再這麼幽暗
牠不聽父母兄姐的勸阻
就獨自向海面出發了
但空空才向上浮沒多遠
就發現自己的頭越來越脹
眼睛也越來越凸
牠不肯認輸
繼續向上浮升

四周各式各樣的魚兄魚姐越來越多
牠們都有七彩的魚鱗和魚尾
不像自己從頭到腳
都那麼透明
還帶著長長礙手礙腳的鬚鬚
又沒有海帶姐姐那麼婀娜多姿

突然一大群密密麻麻帶魚向牠游近
又嚇得馬上游開
在閃躲的瞬間
空空瞥見帶魚銀亮的身子中
反映出的自己
頭及身子大得難以想像
牠才發現自己不知何時
變得像半艘沉船那麼大

空空已無法回頭
牠浮近海面
幾乎被陽光刺瞎了眼
原來這就是明亮的世界
空空要裝它們回家去
牠拼命把陽光吃入肚子裡
牠發現必須把很多魚都裝進身體
否則連一公尺都潛不入
這時空空已近乎無法呼吸
牠必須在死之前
回到家裡
而空空已裝滿陽光和魚兒
就把自己關閉起來
開始向下沉落
沉落、沉落

空空終於帶著陽光回到水母群裡
巨大發亮的身軀讓水母們
又驚又喜
而空空已奄奄一息
牠要兄弟姐妹把牠的手腳綁在
海底的大石上
再把肚子裡的食物分給大家吃
唯留下金亮的陽光在裡頭
小水母空空終於滿意的
闔上了眼睛
從此空空明亮透明的巨大身軀
自由、開放
讓無數小水母進進出出
成了水母群津津樂道的
燈屋

這是一首寓言詩。
任何生物都有不安份的基因，
它們都想突破現狀，
找到更適合自己族群的生存方式。
人類如此，其他生物亦然。
當然不可能真有這樣的水母，
只是傳達在比較深的海底，
可能也曾有這樣的水母
做著想親近陽光的夢想，
最後卻形成發出螢光的水母，
但他們的「演化」不會就此停歇。
詩中則以想像力來解決生物
無不想改變現狀的可能方式——
比如犧牲自己，
以幫助大夥兒完成夢想。

水族箱內的溝通方式

現代人溝通不一定要講話
尤其待在水族箱內
比如你是一條魚
那麼吐一顆氣泡也可溝通
這顆氣泡向上浮升
會逐漸脹大
如果另一條魚也吐出一顆氣泡
這顆氣泡也會向上浮升
如果兩顆氣泡在水面同時脹破
兩條魚應該同時
感到一點點震動吧

他們會不會就此
完成了溝通的儀式？

冷漠是現代人的特色，
尤其是城裡的人，
常常比鄰而居卻互不相識，
頂多點個頭就算了。
小朋友在這樣的環境長大，
就容易養成對萬事萬物
皆與自己無關的性情，
像擠在魚缸中，頂多以
吐出的氣泡相互震動一下，
表示自己還活著而已。
此詩即以輕鬆筆調諷刺
這樣的行為。

鯨魚為什麼不自殺

那工程不輸推潛水艇下水
要把幾十條未經核准登陸的鯨魚
用力的
推回大海

然而游了幾十公里
牠們又再次偷渡
年老的、青壯的、幼小的鯨魚
頑固的一排排擱到岸上
像黑色、凝固、又發亮的海浪
這是一群頑固的自殺隊伍
這是一群頑固的抗議隊伍
幾十條，幾百條

看樣子會永不停止
以世界最壯觀的裸體
獻祭於人類跟前

他們用新月型的尾鰭
打信號，是關於
五千萬年鯨魚漫長的演化嗎
還是正在說：
自殺是牠們自潛水艇、
油輪、電纜、魚網、和海底的垃圾中
突圍的方式？

每年地球上總被發現有好幾群鯨魚集體自殺，有時一群就多達三百多條，任保育人士如何努力，想將牠們推回大海，最後往往徒勞無功。原因為何，迄今無解，不過人類對海洋資源的過度濫捕、濫用、和污染，使鯨魚無所適從。自牠們演化五千萬年以來，就這幾百年才成為牠們生存的最大困境，要牠們不自殺也難。詩即以此觀點介入，並為鯨魚面臨的困頓呼喊。

恐龍救了我們

在地球裡躺了六千多萬年
考古學家終於用鋤頭和刷子
幫他們重新站起來
在博物館裡隨隨便便
立起的一隻
就有七四七飛機的骨架
伸出的脖子九公尺
伸到我們的鼻尖前
告訴我們
他們是人類的恩人

一窩恐龍蛋
重新出土
只比拳頭大，還比蘿蔔小
孵了幾千萬年

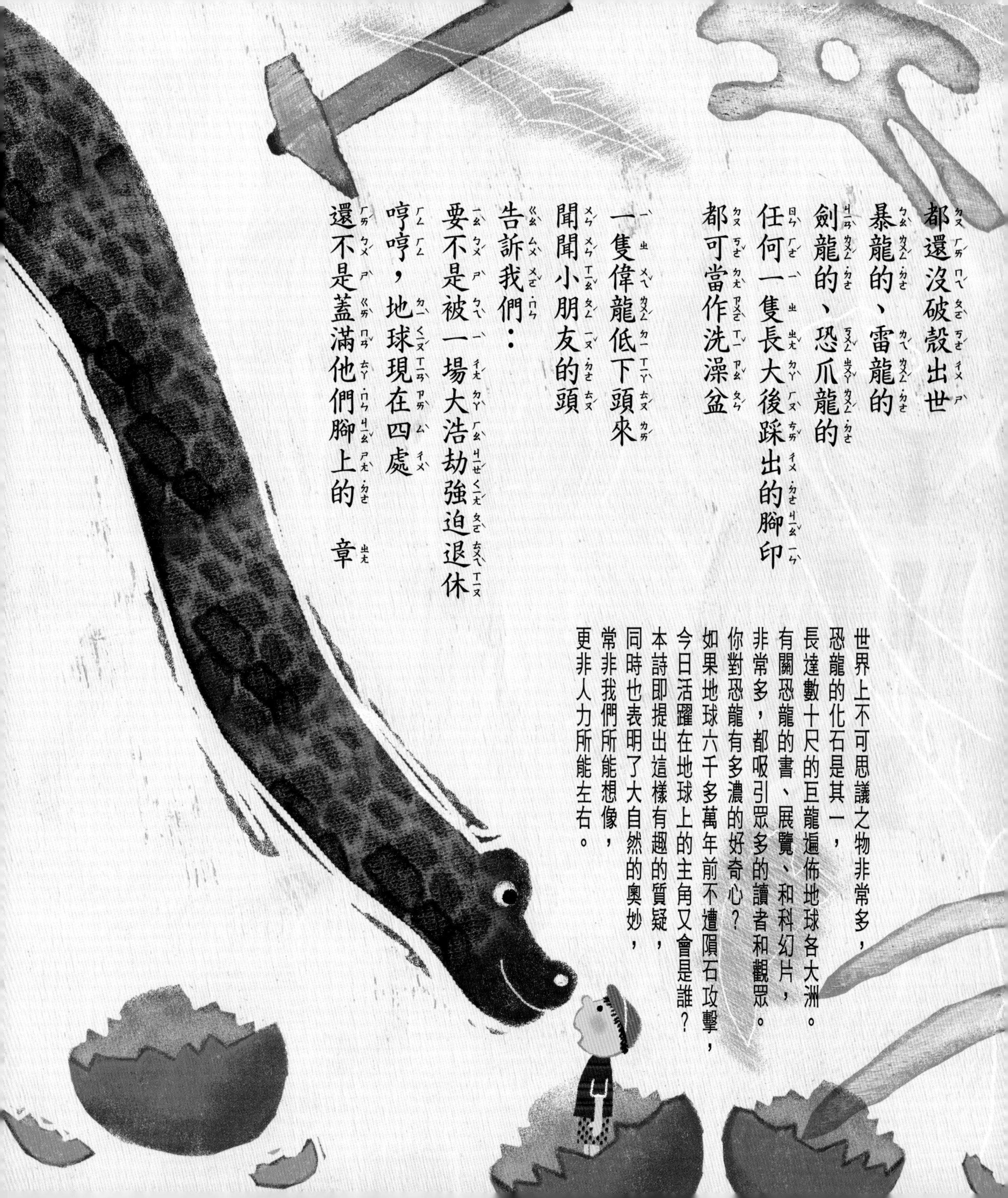

都還沒破殼出世
暴龍的、雷龍的
劍龍的、恐爪龍的
任何一隻長大後踩出的腳印
都可當作洗澡盆

一隻偉龍低下頭來
聞聞小朋友的頭
告訴我們：
要不是被一場大浩劫強迫退休
哼哼，地球現在四處
還不是蓋滿他們腳上的　章

世界上不可思議之物非常多，
恐龍的化石是其一，
長達數十尺的巨龍遍佈地球各大洲。
有關恐龍的書、展覽、和科幻片，
非常多，都吸引眾多的讀者和觀眾。
你對恐龍有多濃的好奇心？
如果地球六千多萬年前不遭隕石攻擊，
今日活躍在地球上的主角又會是誰？
本詩即提出這樣有趣的質疑，
同時也表明了大自然的奧妙，
常非我們所能想像，
更非人力所能左右。

習慣

湖邊的山讓太陽曬昏了頭
就習慣把影子
放入水裡泡一泡
流浪來的白雲無依無靠
就習慣飛到山頂
給山當草帽
順便到湖面照照鏡子

老鷹肚子餓了
就習慣飛到高空巡邏
叫所有小動物都豎起耳朵
不敢出聲
牠的影子只好習慣的在湖心
劃一個圈又一個圈

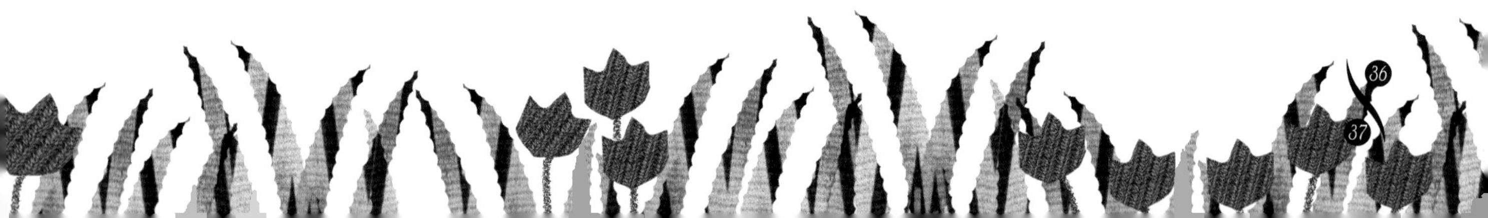

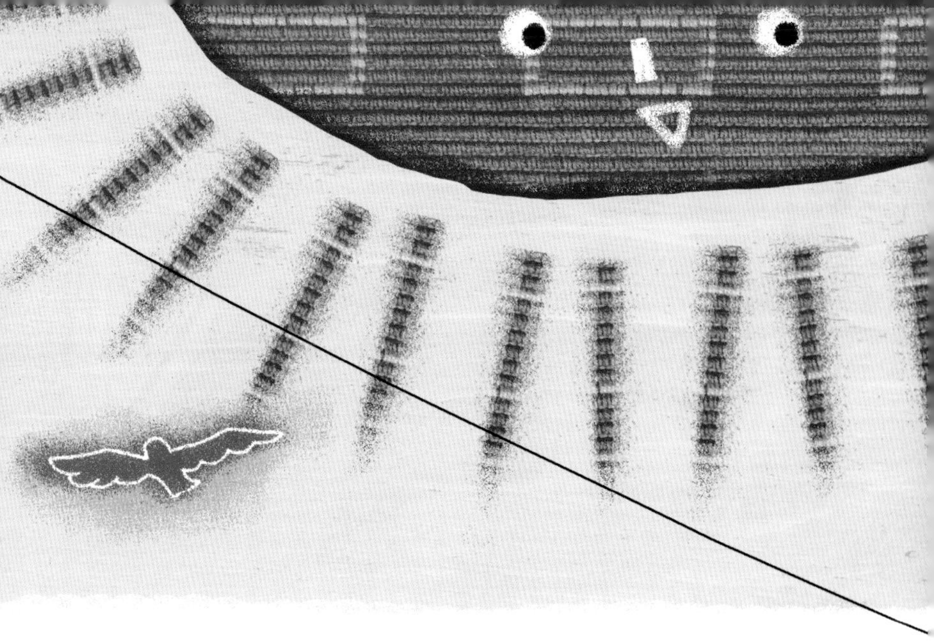

我在湖邊陪爸爸釣魚
很無聊，拿起小石片
習慣的斜斜投向這片寧靜
「噓——」
爸爸以食指比一下嘴唇
在那瞬間他以釣絲用力的
拉破整面被我弄皺的鏡子
拉起鮮猛的銀魚一條

人是習慣的動物，甚至對「習慣」二字都很習慣。此詩故意以「習慣」二字寫太陽、白雲、老鷹、和我，請試著比較這些「習慣」有沒有其他的意思。詩末寫爸爸把魚釣出水面，好像把一切眼前的「習慣」都打破，拉出一些驚奇來，企圖造成視覺上的美感。也可以說前二段是寫氣氛，末段才是詩的重點。

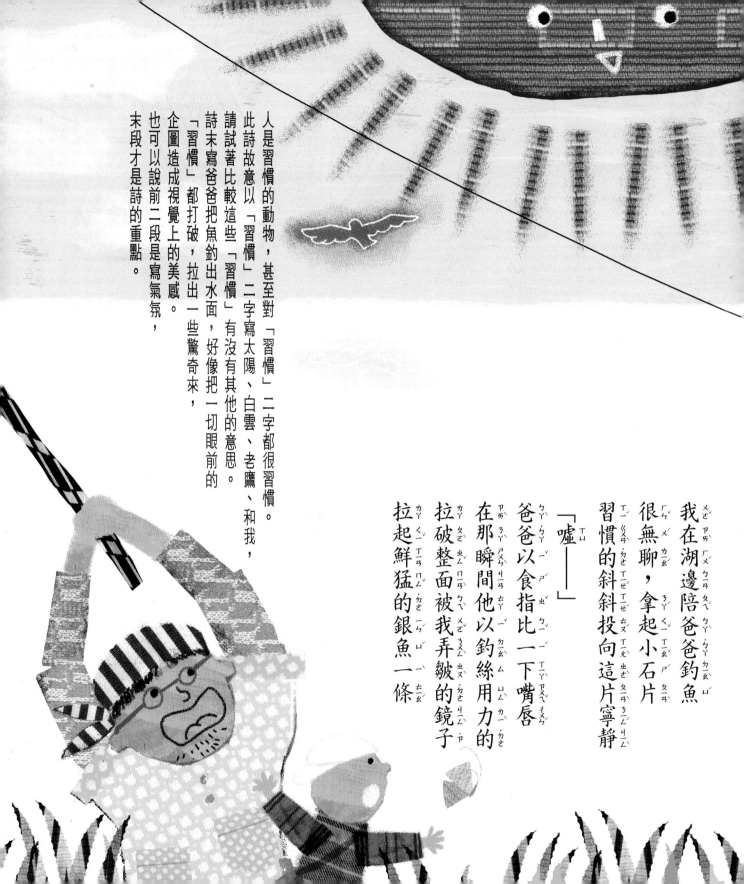

太極拳

陪爺爺去河濱公園
打太極拳，他雙腳蹲穩
雙掌就能輕收、慢出
這一掌推出去
好像推得倒池旁一株大樹
那一掌收回來
好像可以吸起不遠處高高的建築物

他單手朝天
舉起今早的太陽
他雙眼微垂、氣貫丹田
兩手壓住河邊漂浮的晨霧
我騎著單車以為可以跑多遠

原來只能在他翻轉旋出的十指間
滑——行——

太極拳是武功中獨特的招式，
以緩慢為主，與氣功有很深的關係。
詩的第一段是寫爺爺練拳時的力道，
慢中見奇，好像深藏什麼奧妙。
末段寫爺爺招式的變換，看起來很厲害，
「我」在公園任何地方，爺爺似乎都知道，
其實是「我」不論把單車騎到哪裡，
都會注意爺爺的「一舉」和「一動」。

少林寺來的和尚

少林寺　小和尚
來臺灣
耍起雙節棍
不輸李小龍

跳上天一條龍
蹲下地一條蟲
頂上鐵頭功
真槍抵喉嚨

肚子上蓋大碗
丹田一運氣

任誰使力
都拔不出
小和尚微微笑
百年少林精華
全吸在
這個肚皮上

少林寺的武功在武俠小說、漫畫、電影、甚至電腦遊戲中，都鼎鼎大名。少林小和尚在小朋友眼中更像是小英雄。詩中即以各種硬功夫表現他們的努力成果，尤其把巨碗吸在肚皮上，讓人拔不起來，更是要得，詩末即以幽默筆法寫此「肚皮功」代表的意義。

命根子

香煙是爺爺的命根子
如果爸爸不讓他抽
將煙藏起來
他會坐立不安
拼命的皺眉擠眼
暗示我
要我把它找出來

我說：「喲，香煙是——
爺爺的命根子呢！」
爺爺說：「乖孫，你才是呢！」

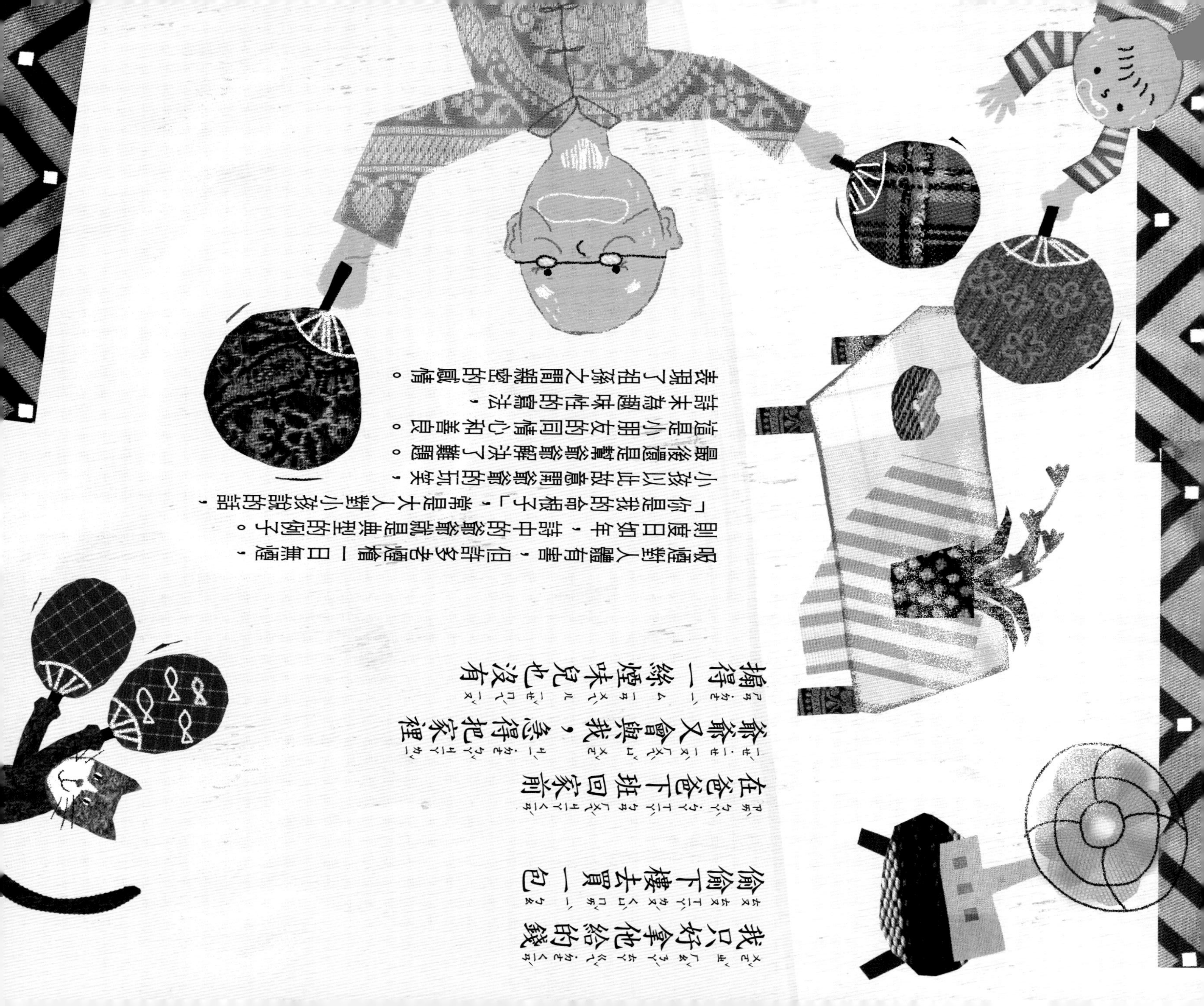

我只好拿他給的錢
偷偷下樓去買一包
在爸爸下班回家前
爺爺又會與我，急得把家裡
搧得一絲煙味兒也沒有

吸煙對人體有害，但許多老煙槍一日無煙，則度日如年，詩中的爺爺就是典型的例子。「你是我的命根子」，常是大人對小孩說的話，小孩以此故意開爺爺的玩笑，最後還是幫爺爺解決了難題。這是小朋友的同情心和善良。詩末為趣味性的寫法，表現了祖孫之間親密的感情。

梅

王明家種了許多樹
秋天都走了好久
葉子才掉落
其他樹都凍得發抖時
它才開花
王爸爸愛坐在窗前
拿著毛筆描繪它
他問我們：
為什麼它是我們的國花
為什麼他畫的畫叫國畫
小朋友們都楞在那兒
像啞巴

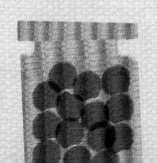

王明家後園種的這些樹
四月的時候它就結果
王媽媽摘了一籮筐
陽光吻乾它
加糖甜它，加鹽醃它
裝了一瓶又一瓶
送給每一家
王媽媽說：
最熱的季節它最解渴
吃一顆果子
要感覺是一朵花

「吃一顆果子，要感覺是一朵花」是這首詩的重心。從花朵到果實的過程，是大自然生命繁衍的方式之一，但這種事實卻很少引人聯想。如何時時觀察並感覺動植物生存、生長的奧妙神奇，是人活著的樂趣之一。也是此詩所要傳遞的訊息。

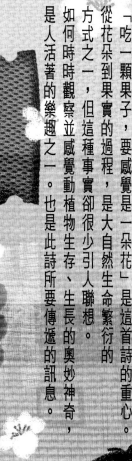

月亮今夜偏頭痛

姐姐回家了
氣嘟嘟
「碰！」一聲
把氣都關入房中
我奉命叫她吃飯
她大聲說：
「沒空！」
她的房門像她的心
都上了鎖
爸爸在門口
像機關槍般發火
媽媽說：「你那套行不通！」
晚上十點鐘
姐姐要我傳紙條

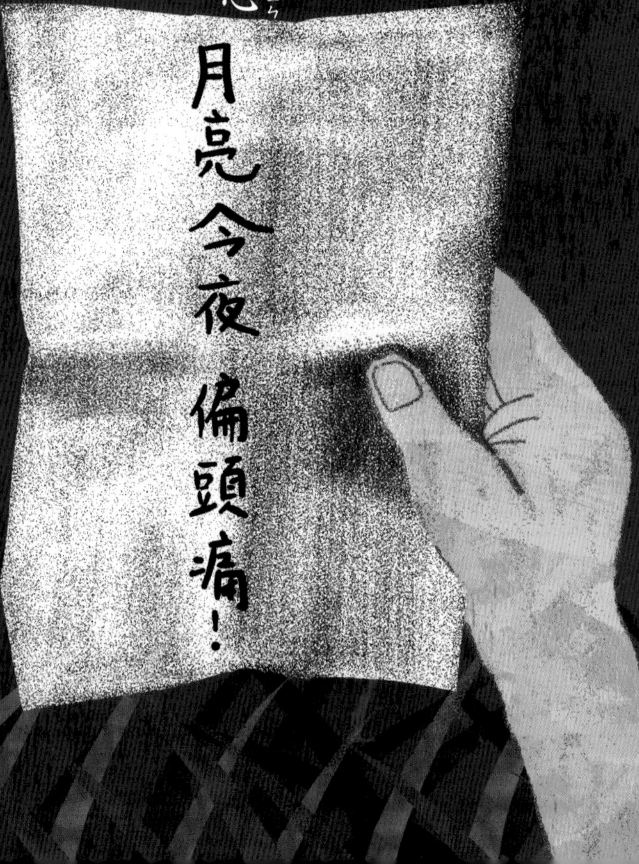

到巷口，上頭寫：
「月亮今夜偏頭痛！」
樓下的街燈旁
果然一位大哥哥
一束花在手中
他塞給我兩球巧克力
也請我送信
紙條上說：
「唉，又一個夜晚
像流星
來不及發亮
就滾入草叢。」
我左看右看都不懂
他們隔岸打謎語
就像兩隻螢火蟲

詩中的姐姐顯然在談戀愛，不論生氣或傳遞讓人看不懂真象的紙條，都是戀愛中特有的行為。詩中的「月亮」應是姐姐自己「不想出門」的暗號，大哥哥說的則是「看來今晚又泡湯」，兼有自我責備的意思。「我」既然是信差，當然有「甜頭」（巧克力）可吃。

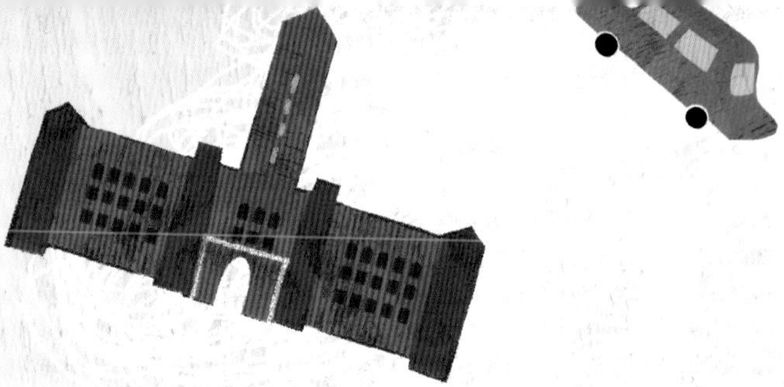

臺北正在飛

用深呼吸
把森林公園
吸入肺裡
從新光三越的高樓
將大街小巷
裝滿眼眶
雙手在龍山寺卜卦
雙腳在世貿中心展覽
舌頭伸到淡水
剛好接到落日
臺北正在飛
我們都坐著捷運
跟著臺北飛
早上練太極拳
把中正紀念堂

捧在手上
傍晚放一只風箏
將國父紀念館
送上天空
下午擠破動物園
晚上吃光饒河街
半夜敲鍵盤
跟全世界聊天
臺北正在飛
大家都坐上網路
飛入臺北

副歌：

我們正在飛
臺北正坐進網路
跟著我們飛

臺北這幾年居住品質越來越好，尤其捷運和公車專用道的鋪設，使得交通改善不少，詩中即敘述四通八達後讓人有血脈通暢、自由來往的便利感。其中所提地名均是臺北著名景點。而臺北網路的通暢也有異曲同工之妙，詩中對此也有一番讚賞。

那時代的年關

賣掉最後一條桌巾
母親把地上的東西收拾妥當
嘆了一句說：
「這個年關可以過了！」
然後拉起我的小手
疲憊的走向回家的路
然而我陪著母親
站在街頭
已凍了一整晚
弟妹們仍在家中
等母親回家煮除夕的晚飯
從那之後我明白
歡樂的年節背後

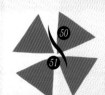

一元復始

這世界仍有許多人
站在年的這一頭
面對一道無形的關卡
跳都跳不過

萬象更新

數十年前的臺灣，經濟相當落後，
很多家庭孩子又多，「過得一日是一日」
是那時候中下階層小老百姓的寫照。
從那樣環境成長起來的小孩，
目前都已是中年，
對社會的進步和不足，體會自然不同，
更惜福，也更富同情心。
如何時時關心弱勢，而不是排拒和欺凌，
應是這首詩背後隱含的意旨。

寫詩的人

白靈

白靈，是一個有娃娃臉的叔叔，從小就喜歡看布袋戲、漫畫，還喜歡用鞭炮裡面的黑粉末自製小火箭，有一次還把「火箭」射到糖果店內去，差點把人家的店給燒了。

長大後，他果然跑去唸化學工程，唸到碩士，也曾經真的跑去研究飛彈的火藥呢！但他最喜歡的還是寫文章和畫畫，他現在當副教授就是一面教化學工程，一面寫詩、當詩刊的主編。

他出版了五本詩集，一本散文集，兩本評論集，還編了很多詩選。他得過許多的大獎，包括中山文藝獎、國家文藝獎在內。不過，他還是勸小朋友，要早點知道自己的興趣在哪兒，才不會像他，在理工和文學兩邊跑來跑去，跑的腿都快斷了。

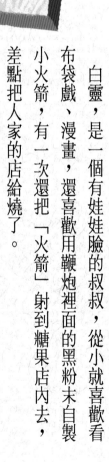

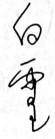

畫畫的人

鄭慧荷

小時候的我是個愛哭鬧的難纏女娃兒，奶奶常一邊摟著我一邊畫圖哄我，奶奶握著的彩色蠟筆看起來粗粗笨笨的，但一下子白紙上竟然跑出一隻隻栩栩如生的蝴蝶、蜜蜂！我止住了哭，專注的看奶奶變魔術，臉頰上的淚水未乾，奶奶又變出花朵和雲彩……

長大後我如願念了美術系，後來開始畫圖給大人小孩看。大概因為這幾年家裡沒有電視機，所以畫畫的時間就多了一些些。

《十三座海洋》、《跟天空玩遊戲》、《那邊》、《動物的歌》都是和作家合作的書，每一本的表現方式都不同，對我而言皆是有趣的體悟和歷險。

最新出版
臺北正在飛
白靈 著
鄭慧荷 繪
兒童文學叢書
小詩人系列
最新出版
黑白狂想曲
陳黎 著 楊淑雅 繪
我是西瓜爸爸
家是我放心的地方
林煥彰 著・施政廷 繪
旋轉木馬
尹玲 著・莊孝先 繪
跟天空玩遊戲
顏艾琳 著・鄭慧荷 繪
春天的短歌
向陽 著
何華仁 繪
魚和蝦的對話
張默 著・董心如 繪
螢火蟲
向明 著・董心如 繪
我的夢夢見我在夢中作夢
向陽 著
陳璐茜 繪
到大海去呀，孩子
汪啟疆 著
張曉萍 繪
樹媽媽
葉維廉 著
陳璐茜 繪
妖怪的本事
網一把星
葉維廉 著
朱美靜 繪
稻草人
穿過老樹林
蘇紹連 著
陳致元 繪
夢中音樂會

兒童文學叢書

小詩人系列

榮獲新聞局第十六、十七、十八、十九、二十次
中小學生優良課外讀物推介
「好書大家讀」活動推薦好書暨
1997年、2000年最佳少年兒童讀物

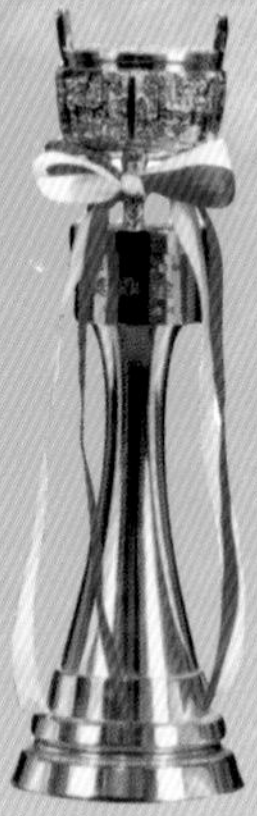

細述克利、康丁斯基、孟克、盧梭、米勒等十位藝術大師的故事，流暢生動的筆調，剖析大師的創作心路歷程，同時精選大師各時期的重要作品。全系列編輯用心、精印出版，視覺美感和豐富知性兼具，牽引讀者輕鬆進入大師的創作世界。

——「金鼎獎」得獎評語

兒童文學叢書

藝術家系列

榮獲新聞局91年少年及兒童讀物類金鼎獎
第四屆人文類「小太陽獎」暨
第十七、十九次中小學生優良課外讀物推介
「好書大家讀」活動推薦暨
1998年、2001年最佳少年兒童讀物